FOLIO CADET

D0943040

Traduit de l'anglais
par Vanessa Rubio

Maquette : Didier Gatepaille

ISBN : 978-2-07-061500-1
Titre original : *Beware ! It's Friday the 13th*
Édition originale publiée par Grosset & Dunlap,
un département de Penguin Young Readers Group, New York
© Kate McMullan, 2005, pour le texte
© Bill Basso, 2005, pour les illustrations
© Éditions Gallimard Jeunesse, 2008, pour la traduction
N° d'édition : 152491
Loi n° 49-956 du 16 juillet 1949 sur les publications destinées à la jeunesse
Dépôt légal : février 2008
Imprimé en Espagne par Novoprint (Barcelone)

Kate McMullan

L'ÉCOLE DES MASSACREURS DE DRAGONS 13

Horreur, malheur ! C'est vendredi 13 !

illustré par Bill Basso

GALLIMARD JEUNESSE

Chapitre premier

– Cornegidouille et dragonouille ! s'exclama Wiglaf, tout joyeux, en sortant du château de l'EMD. On va faire un piquenique !

Dans la cour, les fanions bleu et blanc (les couleurs de l'École des Massacreurs de Dragons) flottaient au vent. Des nappes à carreaux étaient étendues sur l'herbe. Une grande bannière tendue au-dessus de la porte annonçait :

**BIENVENUE À L'EMD,
LES FILLES !**

— Génial ! renchérit Jeannette. À l'École des Exterminateurs de Dragons, y avait jamais de pique-nique.

Elle fit une énorme bulle vert fluo avec son chewing-gum aux herbes fraîches d'Adam l'Édenté.

Jeannette Delalèche était la dernière élève arrivée à l'EMD. Suite à son inscription, Mordred avait décidé d'ouvrir les portes de l'école à toutes les filles.

— J'ai vraiment hâte que les nouvelles soient là ! se réjouit Érica.

Elle était à l'EMD depuis longtemps, mais jusqu'à récemment, elle s'était fait passer pour un garçon. Mordred n'avait jamais soupçonné qu'Éric était en réalité une fille – et qui plus est une princesse.

— Les nouvelles vont avoir besoin d'un modèle sur qui prendre exemple, décréta-t-elle en tapotant la médaille d'apprenti massacreur du mois qui pendait à son cou. Et je suis la mieux placée pour leur expliquer tout ce qu'il y a à savoir ici.

— Oh, regardez ! s'écria Angus, toujours aussi dodu et affamé.

Il montrait du doigt une longue table où s'entassaient tourtes, pains, fromages et montagnes de pommes.

À la vue du buffet, le ventre de Wiglaf se mit à gargouiller. Pour le petit déjeuner, ils n'avaient eu que des restes de terrine d'anguilles. Il avait à peine pu en avaler deux cuillerées.

— Un vrai festin ! s'extasia Angus.

— Effectivement, confirma Dame Lobelia, la sœur du directeur, en sortant du château, vêtue d'une longue robe bleue avec des touffes de plumes blanches autour du col. Mordounet a dépensé une fortune. Mais il est sûr de récupérer dix fois plus grâce aux frais de scolarité des nouvelles élèves.

Lobelia mit ses mains en porte-voix.

— Les première année, venez ! Vite !

Comme les autres élèves de leur classe, Wiglaf et ses amis se rassemblèrent autour d'elle.

— Les deuxième et troisième année sont partis dans la forêt des Ténèbres ramasser des pierres pour construire le nouveau dortoir.

— Un dortoir pour nous, les filles ! compléta fièrement Jeannette.

Lobelia sourit.

— C'est donc à vous, chers première année, que revient l'honneur d'accueillir nos nouvelles élèves dans un esprit digne de l'EMD !

Érica leva la main pour proposer :

— On pourrait leur chanter l'hymne de l'école.

— Oui, quelle merveilleuse idée ! acquiesça Lobelia. Chacun d'entre vous…

Elle s'interrompit.

— Jeannette, tu n'es pas en train de mâchouiller ton chewing-gum, j'espère ?

L'apprentie massacreuse arrêta aussitôt de mastiquer et avala sa salive.

— Plus maintenant.

Lobelia fronça les sourcils.

— Je disais donc que chacun d'entre vous devra choisir une nouvelle pour être son parrain – ou sa marraine. D'abord, vous présenterez votre filleule aux professeurs, puis vous l'accompagnerez au buffet et l'aiderez à remplir son assiette. Et ensuite, vous vous installerez à côté d'elle pour pique-niquer.

— Miam-miam ! s'écria Angus.

— Le buffet est réservé aux nouvelles élèves, Angus, précisa Lobelia.

Le sourire de son neveu se figea.

— Non, ça ne veut pas dire que…

— Tu as très bien compris, reprit Lobelia. Potaufeu distribuera aux anciens élèves un délicieux sandwich aux anguilles.

Un concert de grognements accueillit cette nouvelle.

— Moi, je m'en fiche, affirma Jeannette. Je commence à bien aimer les anguilles.

— Bon, j'ai une surprise pour vous, annonça Dame Lobelia d'un ton guilleret. Érica ? Jeannette ? Suivez-moi. On revient tout de suite, les garçons.

Les deux filles suivirent Lobelia dans le château, toutes contentes.

— Moi, je vais choisir une fille très très mince comme filleule, marmonna Angus alors qu'elles s'éloignaient. Avec un appétit d'oiseau. Et qui acceptera que je pique dans son assiette.

Un instant plus tard, Lobelia était de retour.

— Et voici, en exclusivité pour vous, l'uniforme des apprenties massacreuses !

Elle se tourna vers le château.

— Admirez nos deux charmants mannequins !

Érica et Jeannette descendirent les marches du perron.

Wiglaf en resta bouche bée.

— Oh, les pauvres ! souffla-t-il.

Les deux filles portaient un chemisier violet lacé sur le devant, avec un gros nœud sous le menton et de larges manches bouffantes. La jupe assortie était bordée de petites clochettes argentées. Quant à leurs casques, ils étaient tout ronds à la base et se terminaient en pointe.

— Et la grande nouvelle, c'est que vous allez porter cet uniforme au défilé de mode de Doidepied demain !

Jeannette tourna sur elle-même en riant. Mais Érica restait bras croisés, la mine boudeuse, engoncée dans son chemisier bouffant.

— On a de la chance d'être des garçons, murmura Wiglaf.

Angus hocha la tête.

— Jeannette ressemble à une grosse meringue à la myrtille là-dedans.

— Excusez-moi, Dame Lobelia, intervint Érica, mais comment allons-nous pouvoir surprendre un dragon dans sa grotte avec ces clochettes qui tintent à chaque pas ?

Elle fit une démonstration, déclenchant un joyeux drelin-drelin.

— C'est charmant, n'est-ce pas ? répliqua Lobelia, qui ne voyait pas du tout où était le problème. Ah, encore un détail, ajouta-

t-elle à voix basse. Votre directeur est d'excellente humeur aujourd'hui. Alors ne lui
gâchez pas sa joie. Si vous le croisez, surtout, ne lui dites pas quel jour nous sommes.

— Et quel jour on est ? demanda Jeannette.

Lobelia chuchota :

— Vendredi 13.

— Vendredi 13 ! s'écria Torblad, qui avait
peur de tout. Miséricorde, ça porte malheur !

Lobelia posa un doigt sur ses lèvres.

— Chuuuut ! Moins fort ! Si Mordred
vous entend…

Elle secoua la tête en fermant les yeux.

— Nous le regretterons tous amèrement.

Chapitre deux

— C'est trop injuste ! gémit Érica. Cet uniforme est ridicule !

Elle ôta son casque à pointe et le jeta par terre.

— Dis, Angus, fit Jeannette, pourquoi il ne faut pas dire à ton oncle que c'est vendredi 13 ?

Il haussa les épaules.

— Tante Lobelia essaie toujours de le lui cacher, c'est tout ce que je sais.

— Il est peut-être superstitieux, comme mon père, suggéra Wiglaf. Il suffit qu'il entende un chien hurler pour qu'il reste au lit toute la journée. Il ne prend jamais de bain, sous prétexte que ça rend fou. Et il a toujours une clochette dans sa poche pour éloigner les démons.

— Et ça marche ? s'enquit Torblad, intéressé.

— Faut croire que oui, je n'ai jamais vu de démon à la maison.

— Sornettes et serpents à lunettes ! répliqua Érica. Moi, je ne crois pas à tout ça.

Juste à ce moment… TOUIT ! Le sifflet du directeur retentit.

Mordred apparut sur les marches du perron, vêtu comme un prince. Il portait une longue cape violette doublée de satin doré. Ses bagues en or étincelaient au soleil du matin.

Lobelia se tenait aux côtés de son frère, un grand rouleau de parchemin à la main. Wiglaf l'avait signé le jour de son arrivée, comme tous les élèves inscrits à l'EMD.

— Bonjour à tous ! tonna le directeur.

— Bonjour, Messire le directeur, répondirent en chœur les première année.

— Quelle bonne idée d'ouvrir les portes

de notre chère école aux filles. J'ai vraiment hâte de les inscrire. Plus d'élèves, plus d'argent dans les caisses.

Il sourit, découvrant ses dents en or.

— Aujourd'hui est un jour historique.

Il fronça les sourcils.

— Tiens, au fait, quel jour sommes-nous ?

— Vendredi t…, commença Torblad.

Angus le fit taire d'un coup de coude.

— Ouille !

— Le jour de la Sainte-Sandrine-Alluile ! s'exclama Érica.

— Et aussi le jour de la Saint-Émile-Piècedor, renchérit Wiglaf.

— Tiens, voilà ton fauteuil, Mordounet, annonça sa sœur pour détourner son attention. Où veux-tu qu'on te l'installe ?

Mordred agita sa main chargée de bagues en or en direction de la muraille.

— Par ici, à l'ombre.

Deux professeurs stagiaires descendirent les marches en titubant sous le poids du trône.

Le directeur se tourna vers les élèves de première année et donna un nouveau coup de sifflet. TOUIT !

— En rang devant le poste de garde, bande de traîne-savates ! ordonna-t-il. Vous allez former une haie d'honneur pour accueillir les nouvelles !

Wiglaf et ses amis obéirent. En chemin, ils croisèrent Frère Dave, le bibliothécaire de l'école, qui arrivait de la tour Sud. Comme d'habitude, il était vêtu de sa robe de bure, avec une ceinture de corde autour de la taille. Mais aujourd'hui, il avait également un panier sous le bras.

— Bien le bonjour à vous, jeunes gens, lança-t-il.

Il était toujours de bonne humeur. Et pourtant ce n'était pas évident d'être bibliothécaire dans un établissement où seuls trois élèves (et aucun professeur) avaient déjà lu un livre entier dans leur vie.

— Érica, estes-vous toujours plongée dans la lecture de *Tout ce que vous avez toujours*

voulu savoir sur Messire Lancelot?
demanda-t-il.

— C'est la seizième fois que je le lis,
répondit-elle. Je peux le garder encore une
semaine ?

Le moine sourit.

— Volontiers, volontiers.

— Vous n'auriez pas une barre de nougat,
par hasard, Frère Dave ? Le petit déjeuner
de ce matin était immangeable, expliqua
Angus.

— Si, j'en apporte justement un plein
panier pour les nouvelles élèves.

Son ordre, les Petits Frères du Nougat,
était connu pour les délicieuses friandises
aux cacahuètes qu'il fabriquait.

— Mais je puis bien vous en céder
quelques-unes, fit-il en fouillant dans son
panier.

Tandis que Wiglaf et Angus se jetaient
dessus, Érica déclina poliment :

— Non merci, je ne grignote jamais entre
les repas.

Angus mordit dedans à pleines dents.

— Mmmmm !

Wiglaf l'imita.

— Vous êtes le roi du nougat, Frère Dave ! le complimenta Wiglaf.

— Hélas non ! Ce sont mes frères du monastère qui m'ont envoyé ce délicieux nougat tendre sous la dent. Car, pour mon grand malheur, le mien est dur comme la pierre.

Il avait l'air si chagriné que Wiglaf jugea préférable de changer de sujet.

— Avez-vous vu Verso, récemment, Frère Dave ?

Verso était un jeune dragon qu'Angus et Wiglaf avaient recueilli alors qu'il était encore dans l'œuf. Ils l'avaient caché dans le dortoir où il avait éclos. Il vivait maintenant dans la bibliothèque de l'EMD, au sommet de la tour Sud, allant et venant à sa guise par les grandes fenêtres. Frère Dave était le seul adulte au courant de son existence.

Le moine secoua la tête.

— Verso passe désormais le plus clair de son temps en compagnie de sa famille dragon, au cœur de la forêt des Ténèbres.

— Il n'est pas revenu depuis quinze jours. J'ai peur qu'il nous ait oubliés, soupira Wiglaf.

— Non, non, n'ayez crainte, jeunes gens. Jamais cette charmante beste ne pourra vous oublier !

Soudain, une sonnerie de trompettes retentit de l'autre côté de la muraille. Wiglaf entendit des sabots marteler le pont-levis. Avec Angus et Érica, ils coururent au corps de garde.

Les portes s'ouvrirent, laissant entrer deux carrosses dorés tirés par des chevaux blancs. Une poignée de filles en descendit. Puis, trottinant derrière, une fillette chevauchant un poney roux fit son entrée.

Elle était toute vêtue de rouge, robe et poulaines. Une sacoche rouge brodée de blanc pendait à son épaule. Sa chevelure

étincelait comme une pomme rouge bien mûre au soleil.

Jamais Wiglaf n'avait rencontré quelqu'un avec des cheveux d'une teinte aussi vive. Sa touffe poil de carotte paraissait bien pâle en comparaison.

La fille rousse sauta à bas de son poney qui fila au box en trottant. Les autres filles se rassemblèrent autour d'elle.

— J'ai connu une fille qui avait des cheveux roux, comme ça, murmura Érica tandis que les carrosses faisaient demi-tour pour repartir. Mais ça ne peut pas être elle, elle adorait se déguiser et jouer à la dînette. Jamais elle ne mettrait les pieds dans une école de massacreurs de dragons.

Elle se tourna vers ses camarades de classe.

— Bien ! Souhaitons la bienvenue aux nouvelles élèves !

En chœur, ils entonnèrent l'hymne de l'école :

Hip hip hip ! Hip hip hip ! Hourra !
Dragons, nous voilà !
Nous sommes les première année
  de l'EMD !
Bien décidés à vous massacrer !
Dragons, nous voilà !
Petit, grand, gros ou gras,
Tous les dragons,
Nous massacrons !
Nous ce qu'on adore,
C'est leur prendre leur trésor !
Hip hip hip hourra !
Dragons, nous voilà !

— Oh, c'est trop mignon ! s'exclama la fille aux cheveux roux. Je sens que je vais me plaire ici !

Érica écarquilla les yeux.

— Par l'anguille de sainte Angélique ! Je crois bien que c'est Gwendoline !

Chapitre trois

— **B**ienvenue, mesdemoiselles ! lança le directeur. Je me présente : Mordred le merveilleux, directeur de l'École des Massacreurs de Dragons.

Il courut à la rencontre des nouvelles venues en demandant :

— Et vous êtes…

— Des princesses ! annonça la fille aux cheveux roux.

— Ne me coupez pas la parole ! répliqua sèchement Mordred.

Puis il se radoucit brusquement :

— Vous avez bien dit « princesses » ?

— Toutes autant que nous sommes. Pour ma part, je suis la princesse Gwendoline de La Mandolinie.

— Oh, pauvres de nous ! soupira Érica en secouant la tête.

Mais cela faisait tinter ses clochettes, aussi s'arrêta-t-elle immédiatement.

— La Mandolinie ? répéta Mordred. Mais c'est un grand royaume. Très grand, même. Et très riche.

— Très, confirma Gwendoline. Nous venons toutes du pensionnat des Petites Princesses et nous voulons nous inscrire à l'EMD.

Les autres princesses acquiescèrent.

— Bien sûr, bien sûr ! s'exclama Mordred.

Il courut s'asseoir sur son trône et déroula son parchemin.

— Approchez, approchez. Donnez-moi vite les s… euh, je veux dire, je vais vous inscrire et encaisser vos frais de scolarité.

Les princesses le rejoignirent à petits pas.

Gwendoline s'avança la première.

— C'est combien ? demanda-t-elle.

— Ss…

Mordred s'interrompit, et plissant les yeux, il reprit :

— Hum, je veux dire, dix sous.

Wiglaf n'en revenait pas. L'inscription à l'EMD avait toujours coûté sept sous. C'était même la mère d'Angus qui les avait payés pour lui. Mais dix sous… c'était une véritable fortune !

Gwendoline se mit à fouiller dans son joli sac à main rouge et blanc. Elle en sortit un peigne et une brosse en or, des barrettes serties de pierres précieuses, un miroir en argent, un recourbe-cils, du vernis à ongles, deux ou trois magazines, un journal et, enfin, un porte-monnaie en velours rouge.

— Dix sous, seulement ? s'étonna-t-elle. C'était bien plus cher au pensionnat des Petites Princesses.

— Pas dix, s'empressa de corriger Mordred. Vous avez dû mal entendre, j'ai di-di-
dit vingt sous.

Et il tendit la main.

— Il est incroyable, murmura Angus.

Gwendoline déposa les vingt sous dans sa
paume.

Wiglaf n'avait jamais vu autant d'argent
de sa vie !

Le directeur mordit chacune des pièces
pour vérifier qu'elles n'étaient pas en cho-
colat, puis il les glissa dans la bourse qu'il
portait en bandoulière.

— Signez ici, fit-il en pointant le doigt sur
le parchemin.

La princesse signa « Gwendoline » en
faisant un cœur à la place du point sur
le i.

— Bienvenue à l'EMD ! s'écria Mordred.
Maintenant poussez-vous, allez, ouste ! Au
suivant !

Il fit signe d'avancer à la princesse qui
venait derrière.

Pendant que les autres filles s'inscrivaient, Gwendoline rangea ses affaires dans son sac.

— Bon, on fait quoi, maintenant ? demanda-t-elle.

— Votre parrain ou votre marraine va vous présenter l'école, expliqua Lobelia en approchant. Bien, qui veut parrainer la princesse Gwendoline ?

De nombreuses mains se levèrent.

— Voyons…, murmura Lobelia. Réfléchissons…

— Je vais choisir moi-même, décréta la princesse.

Le silence se fit dans la cour du château, tandis qu'elle toisait un à un les élèves de première année.

Baldrick s'essuya le nez d'un revers de main.

— Tu devrais me prendre, moi. Je suis en première année depuis plus longtemps que tout le monde.

— Moi, je viens de Doidepied ! claironna

Torblad. Ce n'est pas loin de La Mandolinie. On est voisins, choisis-moi !

Mais Gwendoline poursuivit son examen
minutieux. Soudain elle s'arrêta net.

— Érica von Royal ? De la maternelle des
Petites Princesses ? C'est bien toi ?

Érica hocha la tête et répondit à contrecœur :

— Salut, Gwen.

Wiglaf sourit en chuchotant :

— La maternelle des Petites Princesses,
comme c'est mignon !

— J'avais à peine trois ans, et ce sont
mes parents qui m'ont forcée ! se défendit
Érica.

Puis elle se retourna vers Gwendoline
pour remarquer :

— Pour tout avouer, ça m'étonne un peu
que tu veuilles devenir massacreuse de dragons.

Gwendoline haussa les épaules.

— J'en ai assez de ne fréquenter que des
princesses. Je suis la meilleure de ma classe

en Démarche princière. Et en Sourire majestueux. Et même en Regard hautain. Maintenant, je voudrais rencontrer des garçons et vivre de nouvelles aventures !

— Alors tu es au bon endroit, confirma Jeannette. On ne s'ennuie jamais ici ! Tu sais quoi ? Il y a quelques semaines, on a vu un fantôme qui…

— Merci bien, Jeannette, la coupa Lobelia. Elle se tourna vers Gwendoline.

— Voudrais-tu qu'Érica soit ta marraine ?

— Oui, et lui aussi, fit-elle en montrant Angus du doigt. Et aussi le mignon petit rouquin.

Mignon ? Wiglaf se sentit rougir.

— Il n'y a qu'un parrain par élève, intervint Lobelia.

Gwendoline lui adressa son sourire le plus éblouissant.

— J'ai toujours aimé en avoir plus que les autres.

— Ça alors ! s'exclama Dame Lobelia. Une vraie princesse !

— Et moi alors, ronchonna Érica. Je suis quoi ? Du foie d'anguille avarié ?

Elle lança un regard noir à la nouvelle venue.

— Bien, bien, bien ! gazouilla Dame Lobelia. Parrains et marraine, allez présenter la princesse à ses professeurs.

— Excusez-moi, ma Dame, mais je voudrais poser une question très importante aux nouvelles élèves, annonça Érica.

Tout le monde tendit l'oreille pour écouter ce qu'elle avait à dire. Même Mordred, courbé sous le poids de sa bourse bien remplie, s'approcha pour l'entendre.

Érica tourna sur elle-même, dans un tintement de clochettes et demanda :

— Qu'est-ce que vous pensez de ce nouvel uniforme ?

Elle croyait sûrement que tout le monde allait le détester.

Mais Gwendoline ne la quittait pas des yeux, attendant qu'elle ait fait un tour complet. Puis elle se posta face à elle pour rajuster le gros nœud qu'elle avait sous le menton et recula d'un pas pour admirer le résultat.

Les autres princesses attendaient que Gwendoline se prononce.

— Pour ma part, jamais je ne porterai ce casque, déclara-t-elle enfin.

Dame Lobelia fronça les sourcils. Érica sourit.

— Mais sinon cet uniforme est extrêmement chic.

— Quoi ? s'écria Érica.

— Oui ! s'exclama Lobelia. C'est exactement le mot que j'emploierais pour le décrire.

— Tu plaisantes, Gwen ? s'étonna l'apprentie massacreuse.

La princesse posa les poings sur les hanches.

— Tu n'as jamais su t'habiller, Érica. Déjà, à la maternelle des Petites Princesses, tu passais ton temps dehors, dans cet ignoble bac à sable, au lieu de jouer avec nous dans le coin déguisements.

– Mais… c'est parce que j'essayais de reproduire le château de Camelot en sable ! protesta Érica.

Wiglaf ne l'avait jamais vue dans une telle fureur.

Gwen se contenta de hausser les épaules. En montrant les manches bouffantes d'Érica, elle expliqua :

– Ce chemisier donne une idée de force, tout en restant très féminin. Quant à ces clochettes, quelle trouvaille géniale ! Et le coloris…

Elle vida à nouveau le contenu de son sac à main pour brandir le numéro du jour de *Miss Moyen Âge*. Puis elle le feuilleta à la recherche d'un article dont elle lut un extrait à haute voix :

– « Le violet prune est LA couleur de l'automne-hiver 1001. »

Dame Lobelia joignit les mains, ravie.

– Peut-être que *Miss Moyen Âge* pourrait faire un dossier sur Lobelia Haute Couture !

– J'ai vraiment hâte de mettre mon uniforme, conclut Gwendoline en remettant en vrac ses affaires dans son sac.

Mordred s'approcha.

— J'aimerais jeter un coup d'œil à ce magazine.

La princesse le lui tendit.

— Mordounet ! cria Lobelia. Ce n'est pas le moment de lire, va donc compter tes sous !

— Chut, sœurette ! répliqua-t-il en l'écartant de son chemin. J'ai passé une petite annonce dans le *Miss Moyen Âge* d'aujourd'hui pour faire savoir que l'EMD ouvrait ses portes aux filles. Je voudrais voir ce que ça donne.

Angus lui arracha le journal.

— Non, oncle Mordred ! C'est l'heure… euh… du pique-nique !

Mordred le lui reprit des mains et parcourut la une.

On n'entendait plus un bruit dans la cour du château.

Le directeur ne remuait pas un cil. Il était

pétrifié. Une vraie statue. Puis soudain ses yeux violets sortirent de leurs orbites.

— Je crois qu'il vient de réaliser qu'on est vendredi 13, constata Angus.

Mordred ouvrit la bouche, puis la referma sans émettre le moindre son.

— Hélas, trois fois hélas ! soupira Lobelia.

Le journal tomba des mains du directeur, qui courut se réfugier dans le château en poussant un cri à vous glacer les sangs.

Chapitre quatre

— Damoiselles princesses, ne vous inquiétez point ! s'exclama Dame Lobelia. Notre directeur a mal à la tête, rien de grave.

Elle leur adressa un pâle sourire.

— Venez, je vais vous distribuer vos uniformes de l'EMD !

Les princesses coururent vers le château.

Wiglaf aperçut alors le *Miss Moyen Âge* que Mordred avait laissé tomber. Il le ramassa pour le rendre à Gwendoline. Mais Érica proposa :

— Tiens, on va voir quel genre de bêtises elle dévore.

Poussés par la curiosité, ils lurent la première page.

MISS MOYEN ÂGE
Vendredi XIII
Défilé de mode annulé !
Un dragon a été aperçu dans les environs
de Doidepied, il se dirigerait vers l'EMD.

Wiglaf et Érica restèrent muets de stupeur, fixant la une du journal. Angus s'approcha.

— Faites voir…

Le temps de déchiffrer les gros titres et il se mit à hurler :

— Aaaaaaaaaaah ! Un dragon arrive par ici !

Frère Dave et les professeurs accoururent, suivis des autres élèves de première année. Les princesses dévalèrent les marches du château dans un concert assourdissant de clochettes.

— Qui a crié ? Qu'est-ce qui se passe ? voulut savoir Gwendoline.

Wiglaf lui tendit le journal en s'efforçant

de maîtriser le tremblement de ses mains pour qu'elle puisse lire.

Village de Doidepied, vendredi XIII

Prétentia Pipelette, damoiselle la mieux vêtue de Doidepied, a annulé le défilé de mode prévu aujourd'hui. Elle s'est adressée à la presse dans sa longue robe couleur prune : « Ce fut une décision délicate à prendre. Le podium est installé, les mannequins sont arrivés. Les créateurs ont mis la dernière touche à leurs modèles. Tous les Doidepiediens et Doidepiediennes ont acheté leurs billets pour assister à l'événement. Mais plusieurs sources nous ont signalé la présence du dragon Croquemort dans les environs. Il aurait arrêté des passants pour leur demander la direction de l'École des Massacreurs de Dragons, qui est située au sud du village. On dit qu'il serait venu pour se venger. Il est de notoriété publique que Croquemort aime incendier des villages pour le plaisir. Nous ne pouvons prendre le risque que tous nos magnifiques vêtements partent en fumée. Ni les mannequins, d'ailleurs, a précisé damoiselle Pipelette. Mais dès que le dragon quittera l'EMD, nous fixerons une nouvelle date. Le Grand Défilé de mode de Doidepied aura bien lieu, vaille que vaille ! »

— Un affreux dragon se dirige droit sur l'EMD ! conclut Gwendoline, terrorisée.

Et, au grand désarroi de Wiglaf, elle se serra contre lui.

— Tu vois, Gwen ? Qu'est-ce que je t'avais dit ? s'exclama Jeannette, ravie. Il se passe toujours des tas de trucs, ici !

— Mais qu'est-ce qu'il nous veut, ce dragon ? s'interrogea Érica à voix haute.

— Il en a après moi, hélas ! chuchota Frère Dave qui avait brusquement pâli. Ainsi cette féroce beste a retrouvé ma trace !

— Vous, Frère Dave ? s'étonna Wiglaf.

— C'est galère, mon frère ! commenta

Jeannette. Mais pour quelle raison un dragon vous en voudrait-il ?

— C'est une bien longue histoire, répondit le moine.

Et il fila vers la tour Sud.

— Qu'est-ce qu'il entend par là ? demanda Wiglaf.

— Aucune idée, répliqua Érica. Mais… C'est quoi, ça ?

Elle s'était retournée et montrait du doigt une imposante silhouette postée sur les marches du château. Le « ça » en question portait un bonnet de dentelle noué sous le menton et une courte tunique imprimée léopard qui dévoilait ses jambes poilues et une de ses épaules (poilue, elle aussi). Il était chaussé de vieilles bottines toutes trouées et avait autour du cou quelque chose qui ressemblait très fortement à une anguille.

TOUIIIIIIIIT ! Un coup de sifflet retentit.

— Nom d'un dragon ! s'écria Angus. Oncle Mordred ?

— Waouh ! Jamais vu un truc pareil chez les Exterminateurs de Dragons ! s'extasia Jeannette.

— Et encore moins au pensionnat des Petites Princesses, renchérit Gwendoline. Ça, jamais.

— Nous sommes vendredi 13, tonna Mordred. Malheur, misère et miséricorde ! Vendredi 13, jour de malchance !

Dame Lobelia rejoignit la classe de première année au bas des marches. En apercevant son frère, elle se tamponna les yeux avec un mouchoir.

— Oh, là, là ! C'est encore pire que d'habitude !

— Il est malade ? la questionna Wiglaf.

— Oui, renifla Lobelia, Mordounet souffre de triskaïdékaphobie.

— C'est... c'est héréditaire ? bégaya Angus.

— Contagieux ? s'inquiéta Érica.

— C'est la peste ! gémit Torblad.

— Mais non, rien à voir avec la peste,

rétorqua Lobelia. Triskaïdékaphobie signi-
fie simplement « peur du vendredi 13 ».
Et Mordred est très gravement atteint.
Regardez-le !

— Malheur, horreur, terreur ! Vendredi
13, jour de malchance ! répétait-il sans fin.
Malheur, malheur, malheur !

— Ça suffit, maintenant, Mordred !
ordonna Lobelia.

— Malh…

Il s'interrompit pour la regarder avant de
reprendre :

— Un féroce dragon se dirige droit sur
notre école, sœurette ! Malheur à nous !
Nous sommes maudits !

— Balivernes ! répliqua Lobelia. Le vendredi 13 peut aussi porter bonheur, si on le
veut bien.

— Tu crois ? fit Mordred, stupéfait.

— Oui, il faut juste avoir quelques porte-
bonheur sous la main.

— Bien sûr ! s'exclama le directeur. J'ai
justement mis mon bonnet porte-bonheur.

Et mes bottines porte-bonheur. Et ma tenue de catch porte-bonheur.

— C'était donc ça…, murmura Érica.

— Et, autour du cou, poursuivit Mordred, j'ai une anguille, poisson qui repousse le mauvais œil. Arrière, malheur ! Arrière, malchance ! Arrière…

— Mordounet ! cria Lobelia. La ferme !

Mordred marqua un temps d'arrêt, puis se tourna vers les élèves :

— Bon, j'ai tout prévu pour ce jour de grand malheur.

Il ouvrit un coffre qui se trouvait à ses pieds.

— Il y a là-dedans un bonnet porte-bonheur pour chacun de vous !

— Youpi ! s'écria Torblad.

— Il plaisante, hein ? chuchota Gwen.

— J'ai bien peur que non, soupira Lobelia et elle se mit à pleurer à gros sanglots.

Sur les ordres du directeur, Potaufeu distribua les bonnets porte-bonheur.

Wiglaf attacha ce couvre-chef ridicule

sous son menton. Enfin, si cela pouvait l'aider à mettre en fuite le dragon qui poursuivait Frère Dave, il porterait volontiers ce bonnet jusqu'à la fin de ses jours !

— Et un pour vous, fit Potaufeu en tendant le bonnet à la princesse Gwendoline.

— Non merci, répliqua-t-elle.

— C'est obligatoire, allez, hop ! Tout le monde met son bonnet.

La princesse croisa les bras.

— Qu'est-ce qui se passe, Gwen ? demanda Érica en nouant son bonnet de dentelle blanche. Tu ne trouves pas ça extrêmement chic ?

Gwendoline mit le bonnet sur sa tête à contrecœur mais refusa de l'attacher.

— Vous deux, fit Mordred en désignant Baldrick et Torblad. Filez aux écuries. Rapportez-moi des fers à cheval pour les clouer sur la muraille du château.

Les deux élèves partirent en courant.

— Angus, mon neveu ! Wiglaf et toi, allez chercher les paniers à anguilles de Potaufeu et distribuez une anguille à chacun, ordonna le directeur en leur tendant un grand sac.

— On est vraiment obli…, commença Angus.

— Exécution ! tonna Mordred. Les filles, à genoux dans l'herbe ! Vous allez me cueillir autant de trèfles à quatre feuilles que possible !

— Mais c'est très rare, Messire, protesta Érica.

— Trouvez-les ! Accrochez-les sur vos bonnets et sur vos uniformes. Ça éloignera le dragon. Allez, qu'est-ce que vous attendez ? Au travail !

Chapitre cinq

En se dirigeant vers les douves, Angus gémit :

— Oncle Mordred me refile toujours les pires corvées !

— Pareil pour moi, affirma Wiglaf. À ton avis, pourquoi ce dragon en veut-il à Frère Dave ? Il est tellement gentil ! Je suis sûr qu'il n'a jamais fait de mal à une mouche et encore moins à un dragon.

Son ami haussa les épaules.

— Tiens, tire sur cette corde. Un, deux, trois… hisse et ho !

Les garçons passèrent des heures à relever les pièges où se tortillaient des anguilles visqueuses. Quand le dernier fut vide, ils revinrent dans la cour du château, traînant derrière eux leur sac rempli de poissons.

Baldrick et Torblad étaient en train de clouer des fers à cheval sur la muraille.

En chemin, Angus et Wiglaf croisèrent les filles qui revenaient de leur mission.

— Nom d'un dragon ! s'exclama Wiglaf. Elles ont trouvé plein de trèfles à quatre feuilles ! Elles en ont accroché partout, sur leurs bonnets et sur leurs uniformes !

— Toutes sauf Érica, remarqua Angus.

Effectivement, il avait raison. Les deux apprentis massacreurs coururent rejoindre leur amie.

— Qu'est-ce qui ne va pas ? lui demanda Wiglaf.

— Les filles sont couvertes de trèfles à quatre feuilles, n'est-ce pas ? Et pourtant nous n'en avons pas trouvé un seul, répliqua Érica.

— Pas le moindre ? s'étonna-t-il, perplexe.

— Nan, pas la queue d'un, répondit Jeannette qui, pour une fois, n'avait pas de chewing-gum dans la bouche. Mais Gwen a eu une idée géniale. Elle est trop cool, cette fille.

Wiglaf se pencha pour examiner les trèfles à quatre feuilles de Jeannette de plus près.

— Mais ce sont de simples trèfles à trois feuilles ! constata-t-il. Vous avez collé une feuille de plus avec… du chewing-gum ?

— Exactement ! confirma-t-elle avec un sourire satisfait. J'ai dû mastiquer un paquet entier pour qu'on puisse tous les coller.

— Il fallait bien qu'on trouve une solution, se justifia Gwendoline. Sinon on aurait passé la journée à quatre pattes dans l'herbe. Et ce n'est pas mon genre.

Érica le prit alors à partie.

— Mais c'est de la triche, non, Wigounet ?

— Euh… oui, je suppose.

— Ah, tu vois, Gwen, fit Érica.

— Mais c'est astucieux, reconnut Wiglaf.

En voyant tous ces trèfles à quatre feuilles, Mordred va peut-être finalement décider que, pour les anguilles, ce n'est pas la peine.

— Ouais, pas d'anguilles ! s'exclamèrent tous les élèves en chœur.

Gwen adressa à Wiglaf son plus beau sourire de princesse.

Érica lui lança son regard de princesse outragée avant de s'éloigner à grands pas.

Gwen fronça le nez.

— Cette pauvre Érica a vraiment mauvais caractère. Elle est toujours comme ça ?

— Non, non, murmura Wiglaf.

Il s'en voulait tellement. Maintenant Érica était en colère après lui.

Avec Angus, ils allèrent trouver Potaufeu pour lui remettre le sac d'anguilles, puis ils rejoignirent les autres sur le perron du château.

— Messire le directeur ! cria Gwendoline. Regardez, nous sommes couvertes de trèfles à quatre feuilles !

— Puissent-ils nous porter bonheur !

répondit Mordred qui aidait Torblad à accrocher les fers à cheval.

— Puisque nous avons plein de trèfles, nous n'avons peut-être pas besoin d'anguilles autour du cou ? suggéra-t-elle.

— Les anguilles ! s'exclama-t-il. J'avais complètement oublié. Potaufeu, distribution d'anguilles !

— Bien essayé, Gwen, murmura Érica.

Le cuisinier de l'EMD plongea la main dans le sac et en sortit une bestiole. Elle se débattit violemment tandis qu'il l'enroulait tant bien que mal autour du cou de Torblad. L'apprenti massacreur éclata en sanglots.

Vint ensuite le tour de Gwendoline. Potaufeu s'approcha d'elle, une anguille à la main.

— Non, merci, sans façon, déclara-t-elle avec son éclatant sourire princier.

— Allez ! insista le cuisinier en lui tendant le poisson affolé.

— Potaufeu ? chuchota-t-elle. Vous voulez combien pour oublier cette anguille ?

— Je n'ai pas entendu cette tentative de corruption. Tiens, en v'là une jolie petite ! fit-il en entortillant l'anguille autour du cou de Gwendoline.

La princesse devint verte, comme si elle allait vomir.

Potaufeu continua la distribution. L'anguille de Wiglaf lui flanqua un coup de queue dans la joue. Chtak !

Puis Mordred tapa dans ses mains.

— Maintenant, je vais vous montrer ma marche spéciale porte-bonheur.

Il se pencha en avant et fit un petit pas. Il tendit un bras, puis l'autre. Tourna la tête de droite à gauche, et de gauche à droite. On aurait dit un canard malade.

— Ce n'est pas mon oncle, impossible, soupira Angus.

— Allez, faites comme moi ! les encouragea Mordred.

Comme les autres apprentis massacreurs, Wiglaf imita le directeur. Il se pencha en avant et fit un tout petit pas. Tendit un bras, puis l'autre. Tourna la tête de droite à gauche, et de gauche à droite – ce qui n'était franchement pas évident avec l'anguille qui lui giflait le visage à chaque fois.

— Bien, bien, bien, les félicita Mordred. Si vous marchez de cette façon toute la journée, ça vous portera chance. Maintenant, arrêtez !

Les élèves furent ravis d'obéir.

— Tout en marchant, il faut fredonner la chanson de la chance, expliqua le directeur. Je vais vous l'apprendre.

Et il entonna :

C'est la chanson de la chance
Qui porte chance quand on la chante.
Elle porte chance aux vaches,
Meuh, meuh, meuh !
Elle porte chance aux canards,
Coin, coin, coin !
Elle porte chance aux matous,
Miaou, miaou, miaou !

La chanson n'en finissait pas. Il y avait mille et un couplets censés porter chance à toutes les créatures de l'univers.

— Allez, avec moi ! les encouragea Mordred.

Sans entrain, les apprentis massacreurs se mirent à chanter :

C'est la chanson de la chance
Qui porte chance quand on la chante.

— Allez, chantez, chantez ! Ne vous arrêtez pas ! La chanson de la chance va nous porter bonheur. Comme ça, le dragon ne viendra pas à l'EMD. Pas de crainte, pas de danger !

En levant la tête, Wiglaf remarqua que le fer à cheval suspendu au-dessus de la porte du château ne tenait que par un seul clou branlant.

— Messire ! s'écria-t-il. Le fer à…

— Chut, mon petit gars. Chante la chanson de la chance.

Le fer à cheval tanguait dangereusement juste au-dessus de la tête du directeur.

— *Elle porte chance aux vaches, meuh, meuh, meuh !* fredonnait Wiglaf.

Le clou sortit du mur.

— *Elle porte chance aux canards*, chantait Mordred. *Coin, coin...*

CLONK !

Le fer à cheval tomba droit sur Mordred et son bonnet soi-disant porte-bonheur.

— *Cooooooooiiin*, gémit-il en s'affalant par terre, sans connaissance.

Chapitre six

— Mordounet ! cria Dame Lobelia. Elle lui arracha son bonnet, découvrant une bosse qui avait déjà la taille d'un œuf d'oie… et qui continuait d'enfler !

— Professeur Baudruche ! Messire Mortimer ! Allez étendre Mordred sur le canapé de son bureau et restez avec lui jusqu'à ce qu'il reprenne conscience.

Messire Mortimer s'approcha du directeur dans un concert de cliquetis (il avait revêtu son armure complète). Avec le professeur Baudruche, soufflant et grognant, ils soulevèrent leur corpulent directeur et le portèrent jusqu'à son bureau.

Dame Lobelia se retourna vers les élèves.

— En attendant que Mordred se réveille, je prends la direction de l'école. Vous pouvez arrêter de chanter, arrêter de faire la marche porte-bonheur et vous débarrasser des anguilles.

— Hourra ! crièrent en chœur les apprentis massacreurs.

Wiglaf en tête, ils coururent jusqu'au pont-levis pour jeter leurs anguilles dans les douves. Et ils en profitèrent pour jeter aussi leurs bonnets porte-bonheur – sauf Torblad qui jugea plus prudent de le garder sur la tête. Ils applaudirent en regardant tout ça s'enfoncer dans la vase.

Juste à ce moment-là, Wiglaf aperçut Frère Dave qui traversait le pont-levis avec un gros sac en bandoulière.

— Frère Dave ! cria-t-il. Attendez !

Le moine s'arrêta. Les élèves s'attroupèrent autour de lui.

— Où vous allez comme ça, mon frère ? demanda Jeannette.

— Je pars à la rencontre de Croquemort dans la forêt des Ténèbres. J'ai décidé de me rendre. Ainsi il n'aura nul besoin de venir jusqu'ici. Adieu, mes chers petits !

— Attendez, s'il vous plaît, intervint Érica. Dites-nous au moins pourquoi ce dragon vous en veut.

— C'est une bien longue histoire.

— Allez, racontez-nous ! insista Jeannette.

Frère Dave soupira :

— Fort bien. Nous avons tout juste le temps. Je vous invite à me suivre à la bibliothèque pour ouïr ma triste histoire.

Les apprentis massacreurs montèrent les quatre cent vingt-sept marches qui menaient à la bibliothèque en soufflant et haletant. Les apprenties massacreuses montèrent en soufflant, haletant et drelin-drelinant. Bientôt, ils s'assirent tous autour de Frère Dave pour cette fameuse heure du conte dont il rêvait depuis si longtemps.

Le moine était juché sur une pierre, car son ordre lui interdisait de s'installer

confortablement. Il ouvrit un gros livre : *Les Cent Plus Méchants Dragons du monde*, de Jean C. Bocou. Tournant les pages de parchemin, il leur montra une grande illustration représentant un terrible dragon. Sur son crâne se dressait une corne dont sortait de la fumée noire. Il avait de petits yeux cruels et les lèvres retroussées en un rictus plein de dents. Sous son portrait, la légende indiquait : « Croquemort, 97e place. »

— Brr, il fait froid dans le dos, gémit Wiglaf.

Il avait les genoux qui tremblaient à la vue de ses longues dents pointues.

Sur la page d'en face, Messire Jean C. Bocou avait noté tout ce qu'il savait à propos de ce dragon. Et il en savait beaucoup.

Nom complet : Croquemort Ladendure

Surnoms : Croquetout, Sucrivore, Dragourmand

Épouse : C'est une blague ? Vous l'avez bien regardé ?

Description :

Écailles : blanc très, très, très cassé

Corne : crache de la fumée

Yeux : bleu pâle

Dents : redoutables !

Âge : 1 465 ans, mais j'ai perdu le compte il y a un moment

Phrase-fétiche : « Je suis ton pire croche-mard ! »

Hobby : manger des sucreries

Adore : les sucettes, les bonbons, les caramels, les roudoudous, les pâtes de fruits, etc.

Déteste : les brosses à dents, le dentifrice, les dentistes

Point faible : inconnu à ce jour

Frère Dave referma le livre en déclarant :

— Alors que je menais une vie paisible au monastère avec mes Petits Frères du Nougat, par une nuit noire et sans lune, nous avons entendu un battement d'ailes. À la fenêtre, nous avons couru : un monstrueux dragon fondait droit sur nous !

— Mais pourquoi en avait-il après vous ? s'étonna Wiglaf.

— Il voulait du nougat, expliqua Frère Dave. Nostre nougat est renommé de par le monde, savez-vous ? Et, mis à part les quelques barres que je produis, il est fameusement fameux !

— Pourquoi ? Qu'est-ce qu'il a, votre nougat, mon frère ? voulut savoir Jeannette.

— Il n'est hélas point comestible, soupira Frère Dave. Ce jour-là plus encore que les autres, j'avais raté ma recette. Mes petits frères avaient placé mes barres tout en dessous de la pile. Et soudain ce gigantesque dragon a surgi de nulle part en grondant : « Je m'appelle Croquemort ! Donnez-moi votre nougat ou je vous transforme en rôtis ! »

— Quelle brute ! commenta Érica.

Frère Dave acquiesça.

— Nous fusmes terrorisés. Pétrifiés de peur, nous l'avons regardé dévorer tout nostre nougat.

— Miam, ça me donne faim, murmura Angus.

— Croquemort a englouti la pile entière, et quand il est arrivé à la fin... CRIC ! CRAC ! CROC ! CROUC ! il s'est brisé les quatre dents de devant sur ma barre de nougat !

— Non ? C'est dingue ! s'exclama Jeannette. Il est si dur que ça, votre nougat ?

Frère Dave hocha tristement la tête.

— Vous avez édenté Croquemort Ladendure ! s'exclama Érica. Comme ça, il ne peut plus faire de mal à personne. Vous êtes un héros, Frère Dave !

— Point du tout. Car la beste est toujours capable de cracher du feu. Et, avec ses griffes acérées, d'arracher une armure de chevalier, aussi facilement qu'elle pèlerait une banane.

— Comment Croquemort a-t-il pu savoir que c'était vostre... euh, pardon, votre nougat qui lui avait cassé les dents ? demanda Wiglaf.

— Le dragon, fou de rage, s'est mis à gronder : « Qui a fait ce nougat dur comme une pierre ? »

Gwendoline écarquilla les yeux.

— Et vous vous êtes dénoncé ?

Le moine acquiesça.

— Je ne sais point mentir. Et j'étais désireux de protéger mes petits frères.

— Il a voulu vous carboniser, Frère Dave ? s'enquit Érica. Ou vous écorcher vif ?

— Non, répondit le moine, il s'est contenté de pointer une griffe sur moi en sifflant qu'il reviendrait un jour pour se venger. Puis il a ramassé ses dents cassées et a pris son envol.

Frère Dave soupira encore :

— Bien, il est temps pour moi de partir.

Mais Gwendoline l'arrêta.

— Attendez une minute, mon frère.

Chapitre sept

La princesse tira un magazine de son sac.

— J'ai cru voir un article sur Croquemort dans le dernier numéro d'*Actualité brûlante*.

Elle le feuilleta rapidement.

— Ah, le voilà, regardez !

Elle brandit la page en question pour qu'ils puissent tous voir.

— Quelle horrible beste ! s'écria Frère Dave.

Un redoutable dragon les fixait, les yeux étincelants. Sa corne crachait une colonne de fumée noire et son sourire mauvais découvrait quatre dents cassées. La légende annonçait :

Croquemort, le dragon le plus méchant du monde !

— Ça alors ! Il est passé de la 97e place à la tête de la liste ! s'écria Jeannette.

Gwendoline tourna la page afin qu'ils puissent lire :

La star la plus brûlante du mois : Croquemort !

Croquemort Ladendure était déjà méchant lorsqu'il n'était qu'un bébé dragon. Mais le tragique accident de nougat qui lui a coûté ses quatre dents de devant l'a rendu encore plus cruel. Désormais, il compense ses problèmes dentaires en brûlant vif quiconque ose le contrarier. Sa devise est « Je te rôtis d'abord, après on cause ».

De nombreux dragons affichent des crocs parfaits d'un blanc éblouissant, mais Croquemort a su, à la force de ses griffes, conquérir la première place du top des plus méchants dragons du monde. Hé, Crocky, on espère qu'un jour tu l'auras, le gars au nougat !

— Frère Dave ! Vous ne pouvez pas aller au-devant de ce terrible dragon, c'est de la folie, protesta Wiglaf.

— Et pourquoi pas ? intervint Torblad. Qu'il y aille ! Comme ça, le dragon nous laissera tranquilles.

— Je dois affronter mon destin, répondit le moine. Mais je puis rester cinq minutes si l'un de vous désire emprunter un ouvrage de la bibliothèque.

— Oh, tiens ! s'exclama Gwendoline en tirant un livre d'une étagère. On l'a ce bouquin, au château de La Mandolinie.

Elle leur montra la couverture : *Recette du nougat à l'ancienne, à mélanger pendant des heures dans un chaudron bouillant en suant comme un porc.*

— Vous l'avez lu ? demanda Frère Dave,

avec un sourire radieux. C'est l'œuvre des Petits Frères du Nougat. J'ai moi-même réalisé les lettrines.

— Sans blague ! s'étonna Jeannette en se penchant pour mieux voir.

— Je ne blague point, répliqua le moine. Nous vendons ce livre, en plus du nougat, afin de subvenir aux besoins de nostre ordre.

— Ma mère ne daignerait jamais passer des heures au-dessus d'un chaudron, fit remarquer Érica.

— La mienne non plus, idiote ! la coupa Gwen. C'est le confiseur du palais qui s'en charge.

Torblad poussa soudain un cri affolé, tendant le doigt vers la fenêtre de la bibliothèque. Tout le monde se retourna pour voir ce qui lui prenait.

— Regardez ! Dans le ciel ! Le dragon, il arrive ! Malheur à nous ! Nous sommes maudits !

Wiglaf courut à la fenêtre. Il distingua

une petite silhouette battant des ailes qui se découpait à l'horizon, à des kilomètres de là. Se pouvait-il que ce soit Croquemort ?

— Waouh ! J'y crois pas ! brailla Jeannette. D'abord un fantôme et maintenant un dragon !

— Aux armes ! ordonna Érica.

— Aux quoi ? fit Gwen.

Érica leva les yeux au ciel.

— Ça veut dire « prenez vos épées ». On va combattre Croquemort.

— Mais on n'a pas d'épées, remarqua Gwen.

Les autres princesses acquiescèrent.

— Malheur à nous ! couina Torblad, au cas où on l'aurait oublié. Nous sommes maudits !

— Vite, au dortoir ! cria Érica. Allons chercher nos armes. Je vais bien trouver quelque chose pour les filles !

Les apprentis massacreurs dévalèrent les quatre cent vingt-sept marches de la tour Sud et Frère Dave les suivit en haletant.

Une fois dans le dortoir des première année, Wiglaf s'agenouilla et tira Droitaucœur de sous son lit. C'était un cadeau de Zelnoc le sorcier. Mais que pouvait-il en faire, lui qui ne supportait pas la vue du sang ? Le simple fait d'entendre parler de sang lui retournait l'estomac. Pourtant il fallait qu'il défende Frère Dave ! Il glissa Droitaucœur dans sa ceinture avant de rejoindre Érica.

Elle avait abandonné son uniforme à clochettes et enfilé sa vieille tunique de l'EMD.

— Tu as un plan pour combattre ce dragon ? lui demanda-t-il tandis qu'elle rangeait sa réplique parfaite de l'épée de Messire Lancelot dans son fourreau.

— Tu n'as qu'à demander à Gwen, répliqua-t-elle. Elle aura peut-être une idée de génie.

— Arrête, Érica ! supplia-t-il, mais elle était furieuse après lui.

— Suivez-moi à l'armurerie ! ordonna-t-elle. Vite, il n'y a pas une minute à perdre !

En entendant les apprentis massacreurs se ruer dans les couloirs, Dame Lobelia entrebâilla la porte du bureau du directeur.

— Chuut ! fit-elle en posant un doigt sur ses lèvres. Ne réveillez pas Mordred. Mieux vaut pour tout le monde qu'il reste dans les pommes jusqu'au samedi 14 !

— Un dangereux dragon se dirige par ici, Dame Lobelia, lui expliqua Érica. Mais nous allons le combattre !

— Par la capuche de sainte Capucine ! s'exclama-t-elle avant de refermer la porte.

Érica conduisit les autres jusqu'à l'armurerie. Elle ouvrit précipitamment la porte.

— Prends les épées, Wigounet.

Elle l'avait appelé « Wigounet » ! Peut-être l'avait-elle pardonné ?

Wiglaf, les bras chargés d'armes, se rendit dans la cour du château pour les distribuer aux princesses.

— Comment ça se tient, ce machin-là ? lui demanda Gwendoline. Tu ne voudrais pas me donner un cours particulier ?

— On n'a pas le temps, Gwen. Reste derrière moi avec les autres princesses, comme ça, vous ne risquerez pas d'être blessées.

— Reste avec moi, ma Gwendolinette ! se moqua Érica. Je vais te défendre !

Wiglaf se sentit à nouveau rougir. Finalement, Érica ne lui avait rien pardonné du tout.

— Prends exemple sur moi, Gwen, ordonna-t-elle. Je serai en première ligne, avec Jeannette. Fais exactement comme moi et tu sauras comment massacrer un dragon.

— D'accord ! répondit la princesse avec enthousiasme. Tiens, je vais prendre un deuxième machin.

Et elle prit une autre épée des mains de Wiglaf.

Un battement d'ailes retentit dans les airs. Le dragon approchait !

— Tu vas voir ce qu'on apprend à l'École des Exterminateurs de Dragons, Croquemort ! s'écria Jeannette.

Elle s'échauffait en faisant tournoyer sa lance au-dessus de sa tête.

— Et moi, je vais te montrer ce que j'ai appris en cours de tricot au pensionnat des Petites Princesses ! renchérit Gwendoline.

Elle frottait ses deux épées l'une contre l'autre avec beaucoup d'adresse. « Elle n'a pas l'air commode », pensa Wiglaf.

Lui préférait rester entre Angus et Baldrick, à l'arrière du bataillon. Il jeta un coup d'œil à Frère Dave. Le moine se tenait tout contre la muraille du château, les mains jointes, l'air inquiet.

Un sifflement strident retentit. Le dragon arrivait à toute allure. Wiglaf eut juste le temps d'apercevoir un éclair vert, un éclair jaune et …

BOUM !

Le dragon atterrit lourdement dans la cour.

— CHARGEZ ! ordonna Jeannette.

Les apprentis massacreurs poussèrent leur cri de guerre :

– RRRRAAAAAAAAHHH !

Dégainant leurs épées, ils se lancèrent à l'assaut de la bête. Tout à l'arrière, Wiglaf vit le dragon agiter ses ailes et les replier peureusement contre lui.

Soudain, Wiglaf se mit à courir. Il courut, courut vers l'avant du bataillon et ne s'arrêta que lorsqu'il eut dépassé ceux qui étaient en première ligne.

– Arrêtez ! cria-t-il. Arrêtez ! Ne lui faites pas de mal !

Chapitre huit

— CHARGEZ ! continuait à crier Jeannette. À l'attaque !

Les autres la suivaient en agitant lances et épées dans les airs.

— ARRÊTEZ ! répéta Wiglaf sans cesser de courir.

Le dragon était recroquevillé sur lui-même, la tête cachée sous son aile.

Wiglaf se retourna alors face au bataillon et écarta les bras pour bloquer le passage.

— J'ai dit : ARRÊTEZ !

Tout le monde s'arrêta.

— Pousse-toi, Wiglaf, ordonna Jeannette, je vais lui couper la tête, à ce maudit dragon.

— Non, non, non ! Tu ne vas rien lui faire du tout car ce n'est pas Croquemort, c'est Verso !

En entendant son nom, le dragon sortit la tête de sous son aile. Il regarda autour de lui de ses yeux jaunes, avec la pupille rouge cerise. Il sourit d'un sourire de dragon et se frotta le museau contre Wiglaf.

— Tu le connais, Wiglaf ? s'étonna Gwen.

— Verso ! s'écrièrent Angus et Érica en accourant.

— Verso maison, murmura le dragon en donnant un gentil petit coup de tête à Wiglaf.

— Ça y est, tu sais parler ! C'est bien, Verso, le félicita-t-il.

Jeannette baissa sa lance.

— Oh, un bébé dragon ! Cool !

— Il est adorable, s'extasia Gwendoline. Tu lui as sauvé la vie, Wiglaf !

Mais Wiglaf l'entendit à peine : il était tellement content de voir son dragon.

Verso s'approcha de Frère Dave en sautillant.

— Frèèè Dave !

— Verso !

Le moine le serra dans ses bras.

— Enfin te voici de retour !

Verso retourna voir Wiglaf.

— Man-man ! ronronna-t-il. M'as manqué, Man-man !

Il frotta sa tête contre son épaule.

— Il te prend pour sa maman, s'extasia Gwendoline. C'est trop mignon !

Wiglaf sourit et caressa le dragon entre les oreilles. Verso était cent fois plus gros que le jour où il était sorti de son œuf dans le dortoir de l'EMD. Mais il resterait toujours son petit bébé dragon !

— Le journal a dû se tromper ! s'écria soudain Érica, Croquemort n'est pas dans les parages. Ce n'était que Verso !

— OUAIS ! s'écrièrent les élèves. YOUPI !

— J'ai bien fait de garder mon bonnet porte-bonheur, affirma Torblad. Ça a empêché Croquemort d'approcher.

— Il faut fêter ça, décida Angus.

— OUAIS ! YOUPI ! répétèrent tous les apprentis massacreurs en chœur.

Et ils se ruèrent sur le buffet.

Mais Verso les suivit en sautillant.

— Dragon arrive !

— Oui, c'est bien répondit Wiglaf. Notre petit dragon est venu nous rendre visite.

Mais Verso secoua la tête.

— Pas petit. Gros dragon. Très gros !

— En effet, tu as beaucoup grandi, Verso, constata Frère Dave.

— Pas Verso ! Gros dragon arrive !

Le silence se fit dans la cour du château.

— Qu'est-ce que tu dis, Verso ? s'inquiéta Wiglaf.

— Gros dragon mésssant arrive !

Il se mit à sauter sur place, paniqué.

— Cass-ssez-vous ! Vite !

— Il nous dit d'aller vite nous cacher, traduisit Wiglaf. Vous croyez qu'il a vu Croquemort se diriger par ici ?

— Comment savoir ? ronchonna Angus

en se détournant à regret du buffet. J'espère pour toi que ce n'est pas une blague, Verso !

Frère Dave s'approcha du petit dragon.

— Dis-moi, Verso. Cette beste a-t-elle les dents de devant cassées ?

Le dragonnet hocha la tête.

— Dents cassées, oui ! Gros dragon arrive !

— Oh, jour funeste ! gémit Torblad. Malheur à nous ! Nous sommes maudits !

— Ne craignez rien ! intervint Messire Mortimer, toujours vêtu de son armure. Vos professeurs sont là pour vous protéger.

Il descendit les marches du perron avec un bruit de casserole.

— C'est Dame Lobelia qui nous envoie, expliqua le professeur Baudruche, lui aussi en armure. Nous sommes venus vous montrer comment massacrer un dangereux dra…

Il s'interrompit au milieu de sa phrase, la bouche ouverte, les yeux fixés sur Verso.

Wiglaf s'interposa entre eux.

— Ce n'est pas lui, Messire ! Il ne s'agit

pas d'un dangereux dragon. C'est…
c'est…, bégaya-t-il.

Il ne savait pas comment expliquer la présence de Verso à l'EMD.

— Enfin, bref, il ne ferait pas de mal à une mouche, Messire.

— Il est trop chou, non ? renchérit Gwendoline.

— Qu'est-ce qu'ils racontent, Baudruche ? s'enquit Messire Mortimer, aveuglé par la visière de son casque. Allons-y, finissons-en !

— Le dragon est dans la cour, Morty. Mais il n'est pas très gros. Il a l'air inoffensif.

— Parfaitement inoffensif ! confirma Jeannette.

— Inoffensif, dites-vous ? s'étonna le chevalier. Comme un chaton ? Un tout mignon petit ch…

Le professeur Baudruche lui coupa la parole :

— Nous sommes là pour apprendre aux

nouvelles élèves comment traquer et massacrer un dragon. Nous allons donc vous donner un cours en accéléré.

Verso se cacha derrière Wiglaf.

— Je veux bien faire une petite démonstration, proposa Érica avant d'ajouter : Ne t'en fais pas, Verso. Personne ne va te faire de mal.

Les princesses se mirent en position, épée en main, tandis que les autres restaient en retrait.

— La traque des cracheurs de feu nécessite beaucoup d'habileté, mes petits gars, commença Messire Mortimer.

— Nous ne sommes pas des « gars », corrigea Gwendoline. Nous sommes des princesses.

Le vieux chevalier prit son casque à deux mains. Enfin, il réussit à relever la visière pour voir qui il avait en face de lui.

— Ah, effectivement, constata-t-il. J'ai connu une princesse autrefois. Non, attendez… c'était un prince. Sauf qu'il avait été changé en crapaud. Ou peut-être était-ce en grenouille ?

Il gratta le sommet de son casque.

— Messire ! intervint Érica. Nous n'avons pas beaucoup de temps. Croquemort doit arriver d'un instant à l'autre, vous vous souvenez ?

— Croquemort, vous dites ? Ce maudit dragon m'a mordu à l'épaule. Une vraie boucherie ! J'ai saigné comme un bœuf toute la nuit…

— Arrêtez, Messire ! le coupa Wiglaf qui avait la nausée rien que d'imaginer la scène.

— Bon, rappelez-vous ! reprit le chevalier. Lorsque vous traquez un dragon, vous devez garder les yeux rivés sur lui. Et l'oreille collée au sol. Et les mains sur votre arme. Et surtout pas les doigts dans le nez !

Il se tourna vers Érica.

— Allez-y, faites-nous une petite démonstration.

Mais le professeur Baudruche s'interposa.

– Merci pour cette captivante leçon de traque des dragons, Messire Mortimer.

– C'était ça, la leçon ? s'étonna Gwendo-line.

Wiglaf haussa les épaules et leva la tête.

Le ciel était tout gris. Il y avait tellement de nuages... ou était-ce de la fumée ?

– Je commence toujours l'entraînement des Massacreurs par dix tours de cour, annonça le professeur Baudruche aux prin-cesses. Suivis de dix séries de pompes, d'abdominaux, de tractions... et, en géné-ral, la plupart des élèves sont tellement bien échauffés qu'ils partent en fumée avant la fin de la leçon !

Il rit à sa propre blague.

Le ciel devenait de plus en plus sombre. Et cette odeur... oui, c'était bien une odeur de brûlé !

– Croquemort arrive ! hurla Torblad.

– Oh, dommage ! soupira le professeur Baudruche. Nous n'aurons pas le temps de nous échauffer aujourd'hui. Bon, alors

voyons tout de suite la technique du fameux
« Coup dans le bidon ». Prenez votre arme
bien en main. Faites un pas en avant avec le
pied gauche, reculez votre bras droit pour
prendre de l'élan et enfoncez votre épée
dans le ventre du dragon.

L'air devenait irrespirable. Wiglaf avait
les yeux qui le piquaient.

— Si vous êtes gaucher, poursuivit le professeur en parlant de plus en plus vite,
inversez les instructions. Des questions ?
Non ? Alors vous voilà fin prêtes, mes
damoiselles.

Il regagnait le château à reculons.

— Faites-lui la peau, à ce dragon ! Allez,
bonne chance !

Il leva les deux pouces pour les encou-
rager.

— Je vous regarde par la fenêtre !

Sur ces mots, il fit volte-face et courut se
mettre à l'abri à l'intérieur.

Chapitre neuf

Verso sauta au cou de Wiglaf :

— Va t'en, Man-man ! Cass-sse-toi vite !

Il déploya alors ses ailes et prit son envol.

— Sois prudent, Verso !

La fumée était tellement épaisse qu'on y voyait à peine, maintenant. Le cœur de Wiglaf battait si fort qu'il couvrait presque l'effroyable battement d'ailes qui se rapprochait. Pas des ailes de bébé dragon, cette fois. De grandes ailes. Les grandes ailes d'un grand dragon.

BOUM !

En atterrissant, Croquemort ébranla le sol, un vrai tremblement de terre.

La fumée s'éclaircit peu à peu, laissant apparaître la silhouette immense du dragon, d'une pâleur fantomatique. Il leur adressa un sourire plein de dents.

« Ça alors ! s'étonna Wiglaf. Il a retrouvé ses dents de devant ! »

– Formez vos bataillons ! commanda Érica.

Les apprentis massacreurs se regroupèrent derrière elle. Wiglaf fut pris d'une quinte de toux, incommodé par les petits nuages de fumée bleue que Croquemort laissait échapper par la corne située au sommet de son crâne.

Il toisa les jeunes élèves de l'EMD en plissant les yeux.

– OÙ ECHT FRÈRE DAFE ? demanda-t-il en postillonnant. CHATANÉES FAUCHES DENTS !

D'un coup de patte, il rajusta son dentier.

– CHE FEUX LUI PARLER ! FITE !

– Arrière, dragon ! ordonna Érica.

— Ouais, laisse Frère Dave tranquille !
renchérit Wiglaf.

Un gros nuage de fumée noire sortit de la
corne du dragon.

— CHA FAIT DES ANNÉES QUE
CH'ATTENDS CHE MOMENT. CH'EN
AI ACHEZ D'ATTENDRE !

Croquemort se dressa sur ses pattes
arrière et cracha une gerbe de flammes.

— Massacreurs de dragons, tenez-vous
prêts ! dit Érica.

Les anciens élèves de première année
tirèrent leurs épées. Les princesses les imi-
tèrent aussitôt.

— Prêtes ! annonça Gwendoline.

— En position !

Ils pointèrent leurs épées sur le dragon.

— Chargez ! ordonna Érica.

Ils foncèrent tous sur le dragon.

Soudain, une silhouette en robe de bure
s'interposa entre le bataillon de massacreurs
et la bête.

— Arrêtez, je vous prie ! Je me rends !

Érica et ses troupes s'immobilisèrent.

Croquemort sourit de toutes ses (fausses) dents.

— COMME ON CHE RETROUFE, MON FRÈRE.

— Eh oui, répondit calmement le moine.

— Fuyez, Frère Dave, lui cria Wiglaf. Vite !

— NE L'ÉCOUTE PAS, fit Croquemort en agitant une longue griffe aiguisée sous le nez du moine. APPROCHE DONC UN PEUCH.

Frère Dave s'avança courageusement.

En un éclair, Croquemort glissa sa griffe dans la ceinture de sa robe de bure et le souleva de terre.

— FOILÀ QUI EST MIEUCH ! fit le dragon en observant le moine qui se balançait à la pointe de sa griffe.

Pauvre Frère Dave ! Le cœur de Wiglaf se serra.

Croquemort se tourna vers les apprentis massacreurs.

– RECHTEZ OÙ FOUS CHÊTES ET PERCHONNE NE CHERA RÔTI.

Suspendu dans les airs, Frère Dave balbutia :

– Ja-ja-jamais je-je-je n'ai vou-vou-voulu vous faire le moindre mal, mess-ss-ssire dragon.

– TU TE MOQUES DE MA FACHON DE PARLER ? CH'EST CHA ?

– Non, point du tout. Les Petits Frères du Nougat ne se moquent jamais des autres.

– NOUGACH ! s'écria Croquemort. FOTRE NOUGACH EST DUR COMME LA PIERRE !

– Je ne le sais que trop, reconnut le moine. Et j'en suis fort désolé.

– DÉCHOLÉ ? MAIS POURQUOICH ? demanda Croquemort en approchant Frère Dave tout près de sa grosse tête pleine d'écailles.

– Je suis fort désolé... que-que-que nostre nougat... vous ait... brisé les dents, couina-t-il.

Wiglaf entendit alors un battement d'ailes dans son dos. Verso surgit dans les airs. Il voleta autour de la tête de Croquemort en criant :

— Verso veut se battre ! Verso veut se battre !

Et soudain, sous les yeux horrifiés de Wiglaf, il fonça maladroitement sur l'énorme dragon.

— DÉGACHE, MINUCH ! gronda Croquemort. CH'EST UNE AFFAIRE ENTRE FRÈRE DAFE ET MOICH !

Il repoussa Verso d'un grand coup de patte, comme un moustique agaçant, et l'envoya s'écraser contre la muraille du château. Le dragonnet s'écroula par terre, inerte.

— Verso ! s'écria Wiglaf.

Sans réfléchir, il courut à son secours.

— J'arrive, mon bébé !

Verso redressa la tête en se frottant le crâne.

— Man-man ? hoqueta-t-il. Bobo, Verso. Bobo !

Chapitre dix

De grosses larmes jaunes roulaient sur les joues vertes de Verso.

Érica et les autres accoururent pour le consoler. Le petit dragon essuya ses larmes d'un revers de griffe et se remit sur ses pattes.

— Verso plus bobo.

Et il repartit en sautillant vers Croque-mort.

— Toi pas beau ! Pas beau !

— Reviens, Verso. Tu ne fais pas le poids, mon bébé ! lui cria Wiglaf.

Le dragonnet vint se réfugier dans ses bras.

— Bon, on va lui régler son compte à ce monstre ! décréta Érica. Massacreurs, en ordre de bataille !

— FIENS, PETIT MOINE. ON FA ALLER QUELQUE PARCH OÙ ON POURRA DICHCUTER TRANQUILLES.

Il déploya ses ailes immenses.

— CHALUT LA COMPAGNIE !

— A-a-adieu ! bredouilla Frère Dave.

Ce n'était pas possible ! Wiglaf n'était qu'un petit apprenti massacreur, mais il ne pouvait pas laisser Croquemort emporter leur ami ! Il fallait faire quelque chose.

— Baisse-toi, Verso.

Sans se donner le temps de changer d'avis, il sauta sur le dos du bébé dragon. D'une main, il dégaina Droitaucœur et, de l'autre, il s'agrippa fermement au cou de Verso.

— Sus au dragon !

— Attends, je veux venir avec toi, intervint Gwendoline.

— Non, c'est trop dangereux, répliqua Wiglaf.

— Pas pour moi, je suis une excellente cavalière. Je monte mon poney tous les jours.

Avant que Wiglaf ait pu répliquer, Érica s'interposa.

— Il ne s'agit pas d'un poney, mais d'un dragon, Gwen ! Et puis, Wiglaf est mon ami, c'est donc moi qui vais l'aider.

La princesse posa les poings sur ses hanches.

— Moi aussi, je suis son amie !

— Tu faisais peut-être la loi au coin déguisements de la maternelle des Petites Princesses, mais ici, on est à l'École des Massacreurs de Dragons. Bienvenue dans mon royaume !

Érica sauta sur le dos de Verso derrière Wiglaf et le prit par la taille.

— En route ! ordonna-t-elle.

Verso sautilla deux ou trois fois pour s'habituer au poids. Puis il se mit à battre des ailes de toutes ses forces et décolla tant bien que mal du sol.

— C'est bien, Verso ! l'encouragea Wiglaf. Allez, un petit effort ! Tu vas y arriver.

Verso s'éleva dans les airs, tanguant de droite et de gauche. Wiglaf avait mal au cœur. Il s'efforça de fixer son regard sur quelque chose. Il repéra Croquemort qui décrivait des cercles au-dessus d'eux, tenant toujours Frère Dave suspendu à une de ses griffes.

Soudain, Verso comprit le truc : il s'envola haut dans le ciel, porté par les courants. Wiglaf se cramponnait à son cou. Et Érica se cramponnait à Wiglaf. Verso monta plus haut, toujours plus haut, jusqu'à être bien au-dessus de Croquemort. Alors il s'arrêta, replia ses ailes et descendit en piqué.

— Au secoooooooouuuuuuurs ! hurlèrent Wiglaf et Érica, terrorisés.

Croquemort leva la tête.

Wiglaf pointa son épée en fermant les yeux.

— Hé ! Qu'est-ce qui se passe ? protesta Érica.

Wiglaf sentit qu'elle l'avait lâché. Il jeta un coup d'œil par-dessus son épaule. Elle avait disparu.

— Je suis là-haut, Wigounet ! cria-t-elle.

Érica était suspendue à l'autre patte de Croquemort. L'immense bête agitait ses grandes ailes pâles, le sourire aux lèvres.

— ALORS TU TE RENDS, MINUCH ? fit-il en s'adressant à Verso.

Le bébé dragon répondit en faisant une galipette dans les airs. Agrippé à son cou, Wiglaf ne savait plus où était le haut et où était le bas.

Verso fondit de nouveau sur son adversaire. Wiglaf sentit alors qu'on l'arrachait de sa monture. Croquemort l'avait harponné par sa tunique.

— Misère de misère ! pesta l'apprenti massacreur. Au secours !

— Oh, Wigounet, gémit Érica. Tu crois qu'on est fichus ?

— Je-je-j'espère bien que non !

— Ne craignez rien, cœurs vaillants, leur

dit Frère Dave. Car nostre heure n'est point encore venue !

Croquemort descendit en décrivant de larges cercles et laissa tomber ses trois passagers au sommet de la plus haute tour du château. Il se posa ensuite près d'eux, cramponné à la tour avec ses grosses pattes griffues.

Wiglaf se serra contre ses amis et baissa les yeux. En bas, dans la cour, leurs copains ne paraissaient pas plus gros que des fourmis. La petite voix perçante de Torblad leur parvint dans un murmure :

— Malheur à nous ! Nous sommes maudits !

Croquemort pointa une griffe sur le torse de Frère Dave.

— DIS-MOICH, FRÉROT…, commença-t-il.

Mais il n'alla pas plus loin car Verso fondit sur lui, tête baissée, et lui rentra dans le ventre. De toutes ses forces !

— POUF ! fit le dragon, le souffle coupé.

Il vacilla dangereusement, perdit l'équilibre et dégringola du haut de la tour.

Wiglaf attendait le gros « BOUM ! » qui devait marquer l'atterrissage brutal du dragon au beau milieu la cour, mais il n'entendit qu'un battement d'ailes furieux. Croquemort réapparut, fendant les airs à une vitesse phénoménale. Il saisit Verso par la peau du cou et reprit de l'altitude.

— Au secou !

— Ce n'est qu'un bébé ! protesta Wiglaf. Reposez-le !

— D'ACCORD, MAIS À CONDICHION QUE VOUS ME CHURIEZ DE FAIRE CHE QUE CHE FOUS DEMANDE !

— Je le jure ! s'empressa de répondre Wiglaf.

— Je le jure ! renchérit Érica.

— Nous autres, Petits Frères du Nougat, n'avons point le droit de jurer, mais je vous en fais la promesse, répondit Frère Dave.

Croquemort sourit.

Chapitre onze

Croquemort coinça Verso sous sa patte comme un jouet en peluche. Il s'approcha de la tour et voleta sur place.

— MONTEZ CHUR MOICH.

Frère Dave, Érica et Wiglaf s'installèrent sur le large dos du dragon et se cramponnèrent à ses écailles.

Croquemort descendit en planant dans la cour, atterrit délicatement et s'accroupit pour laisser descendre ses passagers. Puis il posa Verso.

— Merri, fit le bébé dragon.

Les élèves de première année restaient à bonne distance. Et aucun professeur ne se risqua à sortir dans la cour.

Le cœur de Wiglaf battait toujours à cent à l'heure. Qu'allait-il se passer, maintenant ?

— ACHEYEZ-VOUS, ordonna Croque-mort.

Frère Dave et Érica s'agenouillèrent sur une nappe de pique-nique bleue, tandis que Wiglaf s'asseyait sur la pelouse avec Verso.

Le dragon s'installa également dans l'herbe.

Dans la pénombre du crépuscule, les autres élèves osèrent s'approcher petit à petit. Ils s'assirent et écoutèrent ce que le dragon avait à dire :

— CH'AFAIS PROMIS DE REFENIR UN CHOUR POUR CHERCHER VEN-CHEANCHE, commença-t-il.

Frère Dave hocha la tête.

Wiglaf frissonna et passa un bras autour des épaules de Verso.

— MAIS FINALEMENT CHE CHUIS FENU CHERCHER DU NOUGACH.

— Du nougat ? s'étonna le moine. Fort bien, je m'en vais demander à mes petits frères de vous en préparer.

— NON, tonna le dragon. CH'EST TON NOUGACH QUE CHE FEUX !

— Mon-mon nougat ? bégaya Frère Dave. Le nougat qui vous a brisé les dents ?

Croquemort acquiesça.

— CHE N'ÉTAIT PAS DRÔLE DE PERDRE MES DENTS, MAIS CH'ADORE TON NOUGACH. DEPUIS QUE CHE L'AI GOÛTÉ, CH'Y PENSE CHANS ARRÊT.

— Mon nougat ? répéta Frère Dave sans oser y croire.

— TON NOUGACH, confirma le dragon. IL EST DUR, MAIS IL A UN GOÛT DÉLICHIEUX ! DU CHUCRE CARAMÉ-LICHÉ À POINT ! MIAM ! CH'EST DE LOIN LE MEILLEUR NOUGACH QUE CH'AIE CHAMAIS MANCHÉ !

Le moine n'en revenait pas.

– Vous aimez mon nougat, c'est incroyable !

Wiglaf sourit. Il avait l'air tellement content !

– CHE CHUIS FENU TE DEMANDER DE M'EN PRÉPARER DIX BARRES CHAQUE CHEMAINE.

– Il faut que Potaufeu m'autorise à utiliser sa cuisine, mais je pense qu'il n'y verra point d'inconvénient. D'accord, Messire dragon, je vous ferai dix barres de nougat chaque semaine.

– Et si vous le chuchez… euh, je veux dire, si vous le sucez doucement, vous ne vous casserez pas d'autre dent, fit remarquer Érica.

– QUELLE CHOIE ! s'écria Croquemort.

Soudain, Frère Dave fronça les sourcils.

– Attendez une minute. Vous estes le plus méchant dragon du monde, si je ne me trompe ?

Croquemort hocha la tête.

– EKCHACTEMENT.

– Ce qui signifie que vous brûlez des villages entiers ? Que vous dérobez les sous des pauvres gens et les pièces d'or des autres ?

– PARFAITEMENT. ET CHE CHUIS TRÈS DOUÉ.

Frère Dave secoua tristement la tête.

– Je ne puis vous faire du nougat si vous estes méchant.

– CHE CHUIS UN DRAGON ! CH'EST MON BOULOT DE PILLER ET DE BRÛLER !

– Il faut que vous trouviez un travail honneste, insista le moine. En crachant des flammes, vous pourriez aider les Petits Frères du Nougat à faire leurs confiseries. Ou chauffer les pauvres masures des paysans durant les froides nuits d'hiver.

– OH, CHUPER PACHIONNANT COMME BOULOT ! grogna Croquemort.

– Vous pourriez laisser les enfants grimper sur vostre dos et glisser le long de vostre queue !

– ARRÊTEZ VOS BÊTICHES ! LES CHAUTRES DRAGONS CHE MOQUE-RAIENT DE MOICH !

– Peut-être…, admit Frère Dave.

– ET CHE NE CHERAIS PLUS DANS LA PROCHAINE LICHTE DES CENT PLUS MÉCHANTS DRAGONS DU MONDE DE CHEAN C. BOCOU.

– Non, reconnut le moine, mais vous disposeriez en permanence de nougat frais pour vous régaler. Je déposerai un plein panier de nougat sur la pierre de Messire Lancelot dans la forêt des Ténèbres chaque mardi à l'aube.

Le dragon ferma les yeux. Ses narines frémissaient comme s'il sentait déjà le nougat. Il en avait l'eau à la bouche rien que d'y penser.

Soudain il rouvrit les yeux.

– CHE FAIS ME TROUFER UN BOU-LOT HONNÊTE.

– Youpi ! s'écrièrent en chœur tous les apprentis massacreurs.

CHAPITRE 11 ■ ■ ■

Wiglaf se releva d'un bond et sauta au cou d'Érica.

— Merci d'être venue avec moi sur le dos de Verso, Érica. Tu es la meilleure amie que j'aie jamais eue.

— J'avais peur que tu t'évanouisses, expliqua-t-elle. Si jamais tu avais blessé Croquemort sans le faire exprès et qu'il se soit mis à saigner. Plic, ploc, de grosses gouttes de sang rouge et épais…

— Arrête ! la supplia-t-il.

Elle sourit.

— Maintenant, nous sommes quittes pour l'histoire des trèfles.

Wiglaf lui rendit son sourire.

Croquemort se releva.

— BON, CHE N'AI PLUS RIEN À FAIRE ICHI. RENDEZ-VOUS MARDI MATIN SUR LA PIERRE DE MECHIRE LANCHELOT.

— C'est noté ! s'exclama Frère Dave.

Le dragon cracha un petit nuage de fumée couleur nougat par sa corne, puis il déploya

■ 107 ■ ■ ■

ses larges ailes, décrivit un cercle au-dessus de la cour et s'éloigna en direction de l'ouest.

— Au voir, Crocro ! fit Verso.

C'est alors que la porte du château s'ouvrit. Dame Lobelia donnait le bras à Mordred. Le directeur avait remis sa cape de velours, mais il avait toujours une bosse de la taille d'un œuf d'oie sur le front... et un sourire un peu idiot aux lèvres.

— Verso ! cria Frère Dave. Vite, mon petit, file à la bibliothèque !

— Vite, Verso ! ordonna Wiglaf. Va te cacher avant que Mordred te voie.

— D'acco, Man-man, balbutia le bébé dragon.

Il sautilla sur place avant de prendre son envol.

Les professeurs stagiaires osèrent enfin sortir du château, avec de grandes torches à la main. Ils les placèrent dans leurs supports le long de la muraille pour éclairer la cour.

Puis ce fut au tour du professeur Baudruche et de Messire Mortimer de rejoindre les élèves dans la cour.

Enfin Potaufeu arriva avec un grand plateau chargé de tourtes à la cerise fumantes. Il le déposa sur la table du buffet en annonçant :

— C'est l'heure du pique-nique. Venez manger ou je jette tout dans le fossé !

Tout le monde, princesses et simples élèves, se pressa autour du buffet. Le cuisinier apportait pâtés, pains, fromages et pommes. Pour une fois, il n'y avait pas la queue d'une anguille, ni la moindre louche de ragoût d'égout.

Angus se régalait d'avance en empilant une montagne de nourriture dans son assiette.

— Miam, miam, miam !

Wiglaf l'imita.

Son assiette à la main, Jeannette rejoignit les princesses en courant.

— C'est vraiment trop cool, l'EMD. Tu ne trouves pas, Gwen ?

Tous les regards se tournèrent vers Gwendoline. Elle grignotait un morceau de fromage à la mode princesse, le petit doigt levé. Elle s'interrompit pour réfléchir un instant avant de déclarer :

— Oui, c'est très cool.

— Vous savez quoi ? fit Wiglaf en baissant la voix pour que Mordred ne puisse pas l'entendre. Finalement, ce vendredi 13 nous aura porté chance.

— Et la journée est presque finie, constata Torblad. Nous ne sommes peut-être pas maudits, tout compte fait…

Kate McMullan vit à New York avec son mari
et leur fille. Quand elle était petite, elle rêvait
d'être lectrice et dévorait alors les ouvrages
de la bibliothèque municipale. Après ses études,
elle a enseigné quelques années tout en commençant
à écrire pour les enfants. Afin de pouvoir se
rapprocher du monde des livres qui la fascinait tant,
elle a alors décidé de devenir éditrice et est partie
tenter sa chance à New York. C'est là qu'elle a
rencontré son mari, l'illustrateur Jim McMullan
avec lequel elle a collaboré par la suite. Elle a publié
à ce jour plus de soixante-dix livres pour la jeunesse
et sa série les Massacreurs de Dragons est l'un
de ses plus grands succès. Pour créer ses personnages
et leurs aventures, elle reconnaît avoir puisé
directement dans ses souvenirs de collégienne.
C'est pourquoi, quand elle se rend dans les écoles,
Kate McMullan conseille aux apprentis écrivains
de prendre pour point de départ leur propre vie
et leurs propres expériences.

Bill Basso est né et a vécu longtemps dans le quartier
de Brooklyn, à New York. Il vit à présent dans
le New Jersey, avec sa femme et leurs trois enfants.
Après des études d'art et de design, il a illustré
de nombreux livres pour la jeunesse et collabore
régulièrement à des revues destinées aux enfants.